Collection de Miniatures de M. X...

PREMIÈRE VENTE

MINIATURES

DES ÉPOQUES LOUIS XV

ET LOUIS XVI

ET DU COMMENCEMENT DU XIX⁰ SIÈCLE

HONOR
ARDITO
NATURA
IMPRIMERIE DE L'ART

CATALOGUE

DES

MINIATURES

DES ÉPOQUES LOUIS XV, LOUIS XVI, EMPIRE ET RESTAURATION

PAR

**Augustin, Bourgoin, Boze, Campana, Charlier, Van Dael
Ducreux, Dumont, Hall, Heinsius, Isabey
Lavreince, Mosnier, Sauvage, Sicardi, Van Spaendonck
Taunay, Vestier, Weyler, etc.**

Provenant de la Collection de M. X...

ET DONT LA VENTE AURA LIEU

HOTEL DROUOT SALLE N° 6
Le Jeudi 12 Mai 1898

à trois heures

COMMISSAIRE-PRISEUR	EXPERTS
Me PAUL CHEVALLIER	**MM. MANNHEIM**
10, rue de la Grange-Batelière, 10	7, rue Saint-Georges, 7

EXPOSITIONS

PARTICULIÈRE : *Le Mardi 10 Mai 1898*

PUBLIQUE : *Le Mercredi 11 Mai 1898*

DE 1 HEURE 1/2 A 5 HEURES 1/2

CONDITIONS DE LA VENTE

Elle sera faite au comptant.

Les acquéreurs paieront *cinq pour cent* en sus des adjudications.

Paris. — Imp. de l'Art, E. Moreau et Cᵢₑ, 41, rue de la Victoire.

DÉSIGNATION

AUBRY

1 — Miniature ovale : Portrait présumé de Jérôme, roi de Westphalie, en buste, de face, en uniforme blanc avec plaque et croix d'ordre. Signée. Époque Empire. Cadre en bronze doré et velours grenat.

AUGUSTIN

2 — Miniature ovale : Portrait présumé du baron de Breteuil, ambassadeur, ministre sous Louis XVI : il est en buste, de face, en habit marron. Signée et datée 1791. Montée sur boîte en racine garnie d'argent doré.

AUGUSTIN

3 — Miniature ronde : Portrait présumé de Stouf (Jean-Baptiste), sculpteur, élève de Coustou. Il est vu, en buste, la tête tournée vers l'épaule droite, et légèrement levée; il est vêtu d'un habit marron, à revers bleus, ouvert.

BOURGOIN

4 — Miniature ovale : Portrait de femme, en buste, les cheveux poudrés, les épaules couvertes d'un manteau rose bordé de fourrure. Encadrement d'or émaillé. Montée sur boîte en écaille blonde.

BOZE

5 — Miniature ronde : Portrait de jeune femme vue à mi-corps, un ruban bleu dans les cheveux, vêtue d'un corsage violet décolleté, tenant une marguerite qu'elle effeuille ; fond de paysage. Montée sur boîte en écaille blonde cerclée d'or.

CAMPANA

6 — Miniature ovale : Portrait de femme, de face, en buste, les cheveux blonds, une écharpe blanche sur les épaules avec une rose sur la poitrine. Montée sur boîte en ivoire.

CAMPANA (Attribuée à)

7 — Miniature ovale : Portrait de femme, de face, en buste, vêtue d'un corsage bleu décolleté, une rose dans les cheveux. Cercle de cuivre.

CHARLIER

8 — Miniature ronde : Diane blessée par l'amour. La déesse, assise à terre, à demi-nue, semble

vouloir se laisser atteindre par l'Amour qui brandit une flèche ; auprès d'elle, ses armes ; fond de paysage. Cadre en bronze.

CHARLIER

9 — Deux miniatures rondes : 1° Léda, une nymphe et le cygne : nues toutes deux, elles sont étendues sur des draperies ; aux pieds de Léda, le cygne qui s'avance vers elle. 2° Jeune femme vêtue d'une chemisette, étendue sur un lit où elle sommeille. Ces miniatures sont montées toutes deux sur une même boîte décorée de rayures noires et jaunes au vernis et galonnée d'or.

COSWAY (Attribuée à)

10 — Miniature ovale : Portrait de femme, en buste, de face, les cheveux poudrés, des perles au cou ; elle est vêtue de blanc, et porte une ceinture bleue. Cadre Empire en bronze.

DAEL (Van)

11 — Miniature ronde : Bouquet de roses. Signée. Cercle en émail de *Coteau*. Montée sur boîte en poudre d'écaille grise posée or.

DELAPLACE

12 — Miniature ronde : Portrait de femme en buste, de face, vêtue de blanc, avec ruban rose dans les

cheveux et ceinture rose ; fond de paysage.
Signée. Cadre en ébène et cuivre.

DUBOURG

13 — Miniature ronde : portrait de jeune femme
vue en buste presque de face, les cheveux poudrés, un ruban violet les retenant, vêtue d'un
corsage violet décolleté. Signée et datée 1785.
Montée sur boîte en écaille brune et cerclée de
stras.

DUCREUX

14 — Miniature ronde : Portrait présumé de Marie-
Adélaïde-Clotilde de France (Madame Clo-
tilde), reine de Sardaigne ✝ 1802 : elle est
représentée à mi-corps assise dans un fauteuil,
vêtue de rose, pinçant de la guitare. Montée
sur boîte en poudre d'écaille rose galonnée or.

DUCREUX (Attribuée à)

15 — Miniature ronde : Portrait présumé de Madame Boucher d'Angis, à mi-corps, un voile sur
la tête, vêtue de blanc, assise auprès d'une
table à laquelle elle est accoudée. Montée sur
une boîte en écaille piquée et posée or.

DUMONT

16 — Miniature ronde : Portrait d'homme à mi-corps, de face, vêtu d'un habit rayé bleu et jaune, appuyé à une poutre; fond de marine. Datée 1798. Cadre en écaille piquée or.

DUMONT

17 — Miniature ronde : Portrait de femme, en buste, de face, la tête légèrement inclinée sur l'épaule droite, un ruban bleu dans les cheveux poudrés, la poitrine nue. Montée sur boîte en écaille blonde galonnée d'or.

DUMONT

18 — Miniature ronde : Portrait de femme tenant un enfant ; la jeune mère est assise de face et est vêtue de rose avec écharpe sur le corsage ; l'enfant est nu ; à gauche, un clavecin. Signée en haut à gauche. Cadre en argent doré.

EISEN (?)

19 — Miniature ronde : Amours se lutinant; fond de verdure. Montée sur boîte en ivoire.

FRAGONARD (Attribuée à)

20 — Miniature ovale : Portrait de femme, de face, coiffée d'une étoffe blanche et vêtue d'un corsage

blanc décolleté. Montée sur boîte en écaille
blonde galonnée d'or.

GUÉRIN (?)

21 — Miniature ronde : Portraits d'homme, de
femme et d'enfant ; la jeune mère tenant le bébé
est assise ; elle est vêtue d'une robe gris perle
décolletée ; l'enfant est à demi-nu ; le père,
debout, auprès d'eux, porte une redingote marron avec gilet rayé. Cadre en bronze.

GUÉRIN (?)

22 — Miniature ovale : Portrait présumé de Camille
Desmoulins, en buste, presque de face, en habit
gros bleu et gilet rouge. Encadrée.

GUÉRIN (?)

23 — Miniature ovale : portrait de femme, vue à
mi-corps, de face, les cheveux blonds, bouclés, retombant sur les épaules ; elle est vêtue
d'une robe blanche avec ceinture bleue. Cadre
en bronze.

HALL

24 — Peinture sur émail de forme ovale : Portrait
présumé de Mme Tugot, de profil, en buste ; en
corsage rose décolleté. Cadre d'acier.

HALL (?)

25 — Miniature ronde : Portrait présumé de la
Duthé, de face, en buste, un ruban bleu dans
les cheveux poudrés ; elle est vêtue d'un corsage
blanc décolleté et orné d'une rose. Montée sur
boîte en écaille blonde cerclée d'or.

HALL (?)

26 — Miniature ovale : Portrait de femme, à mi-
corps, de face, une fleur dans les cheveux,
vêtue d'un corsage décolleté rayé bleu et blanc
et garni de dentelle. Cadre en argent doré.

HALL (Attribuée à)

27 — Miniature ovale : Portrait de Louis XVI, à
mi-corps, de face, en habit bleu avec plaques
d'ordre. Montée sur boîte en écaille blonde.

HEINSIUS

28 — Miniature ronde : Portrait d'homme, à mi-
corps, assis, de face, vêtu d'un habit noir avec
gilet de soie à fond blanc. Signée et datée 1792.
Montée sur boîte en écaille brune.

HEINSIUS

29 — Miniature ovale : Portrait de femme, debout,
tenant un livre, appuyée à une table couverte

d'une draperie rouge ; elle est vêtue de blanc, et porte des cheveux bouclés avec nattes lui retombant sur les épaules nues ; fond de paysage. Cadre en bronze.

HEINSIUS

30 — Miniature ronde : Portrait présumé de Mlle de la Rivaudière, en buste, presque de face, coiffée d'un chapeau de forme haute, et vêtue d'un corsage bleu à revers rouges et blancs. Signée. Cadre en bronze.

HEINSIUS

31 — Miniature ronde : Portrait présumé du général Carteaux, en buste, de face, portant l'uniforme. Cadre en bronze.

HERVIEU

32 — Miniature ovale : l'Impératrice Joséphine, à mi-corps, la tête presque de face, un diadème dans les cheveux, un collier de perles au cou, vêtue d'un corsage blanc décolleté ; dans un médaillon en or de couleur ciselé, dont le revers est parqueté de cheveux et porte une inscription exécutée en roses.

HOIN (?)

33 — Miniature ovale : Portrait de femme, à mi-

corps, presque de face, les cheveux bouclés, coiffée d'une étoffe bleue, vêtue d'un corsage gris-perle. Cadre en bronze.

HUET-VILLIERS

34 — Miniature ovale : Portrait de femme, de face, les cheveux blonds bouclés, vêtue d'une robe blanche décolletée, les bras nus ; elle s'appuie à un tertre de verdure ; fond de feuillages. Signée et datée *1792*. Cadre en bronze.

HUMPHREY (Ozias)

35 — Miniature ovale : Portrait présumé de Sir Joshua Reynolds (1723-1792), par son élève Humphrey. Il est représenté en buste, de face, en habit foncé, portant des lunettes. Cadre en bronze.

ISABEY

36 — Miniature ovale : le Roi de Rome ; la tête du petit roi, ailée, comme celle d'un chérubin, est placée au milieu des nues. Signée. Montée en broche en or.

ISABEY

37 — Miniature ovale : Portrait de femme, en buste, de face, des fleurs dans ses cheveux blonds,

vêtue d'un corsage blanc avec ruban bleu.
Signée et datée 1817. Cadre en bois et bronze.

ISABEY

38 — Miniature ovale : Portrait d'homme, de face,
vêtu d'une chemise avec cravate bleue; la tête
seule est achevée. Cadre en bronze.

ISABEY

39 — Miniature ovale : Portrait présumé de Murat,
en uniforme blanc, à brandebourgs d'or; il est
de face, en buste. Cadre en or de couleur.

LAVREINCE

40 — Miniature ronde : le Portrait de l'Absent.
Une jeune femme assise, vue à mi-corps, coiffée
d'un chapeau de paille et vêtue d'une jupe gris-
perle, tient, d'une main, une lettre, de l'autre,
un médaillon contenant le portrait. Montée sur
une boîte en écaille blonde galonnée d'or. Écrin
en galuchat.

LAVREINCE (Attribuée à)

41 — Miniature ronde : « Le Concert à quatre. »
Caricature dirigée contre la Guimard, suivant
une inscription placée au revers : les personnages seraient : la Guimard, jouant de la harpe;

Mgr de Tarente, de la flûte ; le prince de Soubise, sonnant de la trompe en sa qualité de capitaine des chasses. En outre, derrière la Guimard, se tient le danseur Danberval, une pochette à la main. Cadre en bronze.

LAVREINCE (Attribuée à)

42 — Gouache ronde : Le Polichinelle : un jeune garçon montre un polichinelle à un enfant qui s'appuie sur les genoux d'une fillette assise sur une chaise, et vêtue de blanc; la scène se passe dans une chambre. Montée sur boîte en écaille blonde.

LUCAN (Mme DE) (?)

43 — Miniature de forme carrée : Portrait présumé de Jean Forest, peintre du roi, à mi-corps, un bonnet sur la tête, vêtu d'une houppelande rouge, une palette à la main. Cadre en bronze.

LUSSE (DE)

44 — Miniature ronde : Jeune Femme assise sur une chaise, portant un grand chapeau de paille, vêtue de blanc avec corselet de velours rouge, des fleurs au corsage. Signée et datée 1787. Cadre de cuivre.

MANSION

45 — Miniature ovale : Portrait de femme, en buste, de face, les cheveux bruns, vêtue d'un corsage blanc montant, avec large ceinture ; écharpe rouge aux bras. Signée et datée 1818. Cadre en bois noir et cuivre.

MOREAU LE JEUNE (Attribués à)

46 — Deux petits dessins ronds à l'encre de Chine et à la sépia : la Foire de Saint-Cloud et sujet de chasse, compositions animées de plusieurs personnages. Montés sur une même boîte en écaille brune.

MOSNIER

47 — Miniature ronde : Portrait de femme, de face, assise sur un canapé, tenant un livre qu'elle feuillette ; elle est coiffée d'un chapeau orné de fleurs, et vêtue d'un corsage bleu décolleté, avec manches de soie blanche. Montée sur boîte en écaille brune.

MOSNIER

48 — Miniature ovale : Portrait d'homme, en buste, de face, vêtu d'un habit violet. Montée sur boîte en écaille brune.

PETITOT (Attribuée à)

49 — Peinture sur émail : Portrait présumé de Louvois, portant une perruque blonde, un rabat de dentelle au cou. Cadre en or ciselé à filet d'émail bleu. Montée sur boîte en écaille brune.

PLIMER (Andrew) (?)

50 — Miniature ovale : Portrait de jeune femme, presque de face, en buste, un collier de perles au cou, vêtue d'un corsage blanc décolleté. Cadre Empire en bronze.

SAUVAGE

51 — Miniature ronde en grisaille : Triomphe de Bacchus. Le jeune dieu, monté sur un char, est traîné par de petits bacchants ; au-dessus d'eux voltigent deux amours, dont l'un porte une torche. Montée sur boîte en écaille blonde.

SAUVAGE

52 — Miniature ronde en grisaille : Portrait, de profil, de la duchesse d'Angoulême, un diadème dans les cheveux, une draperie sur les épaules. Elle a été gravée par Aug. de Saint-Aubin. Montée sur boîte en écaille blonde, cerclée d'acier.

SICARDI

53 — Miniature ovale : Portrait de femme, de face, en buste, un ruban noir dans les cheveux, vêtue d'un corsage gris-perle décolleté, avec fichu blanc. Signée. Cercle d'or émaillé à filet bleu. Montée sur boîte d'écaille.

SICARDI (Attribuée à)

54 — Miniature ovale : Portrait de femme, en buste, de face, les cheveux poudrés, avec natte retombant sur les épaules nues. Montée sur boîte en poudre d'écaille bleue; cercle d'or de couleur ciselé.

SIGT ET MOSNIER

55 — Miniature ovale : Nymphe nue, debout, tenant une guirlande de fleurs; fond de paysage. Cette miniature, signée : *Sigt pinxit*, est montée sur une boîte décorée de rayures jaunes et noires au vernis et dont le fond se dévisse et contient une autre miniature : Portrait présumé de Charles d'Orléans, abbé de Rothelin, mort en 1744, par *Mosnier*. (Signée)

SPAENDONCK (VAN)

56 — Fixé, de forme oblongue : fleurs. Monté sur une bague.

TAUNAY

57 — Fixé, de forme ronde : Sujet galant. Aux pieds d'une paysanne assise, est agenouillé un jeune galant suppliant; au second plan, par la fenêtre de la chambre, un personnage épie la scène. Monté sur boîte en écaille brune.

VESTIER

58 — Miniature ovale : Portrait de Marie-Antoinette, en buste, presque de face, en corsage violet décolleté et bordé de dentelle. Dans un écrin en maroquin rouge.

VIGEON (Claude)

59 — Miniature ovale : Portrait présumé de Diane d'Orléans, princesse de Conti, en buste, de face, vêtue d'un corsage bleu décolleté bordé de fourrure. Montée sur boîte en écaille brune gravée.

VILLE (De la)

60 — Miniature ovale : Portrait de fillette, vue en buste, de face, les cheveux longs et bouclés, vêtue d'un corsage blanc décolleté. Signée. Cadre en bronze, à filet d'émail bleu.

VINCENT

61 — Miniature ronde : Portrait présumé de la Comtesse de Grammont-Caderousse; de face, en buste, elle porte un corsage blanc plissé, décolleté avec ceinture rouge; un voile lui couvre la tête et retombe sur les épaules. Cadre en bronze.

VOIRIOT

62 — Deux miniatures ovales : Portraits présumés de Chatelain de Chansey, député des États de Provence, et de sa femme. Chatelain de Chansey est vêtu d'un habit violet; sa femme porte un corsage rose décolleté, bordé de fourrure. Montées sur une même boîte en écaille brune, cerclée de stras.

WEYLER

63 — Peinture sur émail de forme ovale : Buste de femme, de face, la tête légèrement inclinée vers l'épaule gauche, un ruban rose dans les cheveux, la poitrine nue. Cercle d'or de couleur. Montée sur boîte en écaille blonde piquée et posée or.

ÉCOLE FRANÇAISE

(ÉPOQUE LOUIS XV)

64 — Miniature ovale : Portrait présumé de la belle-sœur de Coypel, en buste, de face, en corsage

décolleté, parée de riches bijoux. Montée sur boîte décorée en noir au vernis et galonnée d'or.

ÉCOLE FRANÇAISE

(ÉPOQUE LOUIS XV)

65 — Miniature ovale : Portrait présumé de la Duchesse de Bourgogne ; elle est représenté de face, des fleurs dans les cheveux. Encadrement d'or émaillé. Montée sur boîte ovale en écaille brune.

ÉCOLE FRANÇAISE

(ÉPOQUE LOUIS XV)

66 — Miniature ovale : Portrait de femme en buste, de face. Montée sur une bague en or.

ÉCOLE FRANÇAISE

(ÉPOQUE LOUIS XV)

67 — Miniature ovale en largeur : Portrait de femme, vue à mi-corps, assise dans un fauteuil, vêtue d'une robe verte décolletée, tenant une corbeille de fleurs sur les genoux. Au fond : une draperie. Cadre en bronze.

ÉCOLE FRANÇAISE

(ÉPOQUE LOUIS XV)

68 — Miniature ovale en largeur : Portrait de Mlle de Camargo, célèbre danseuse, en buste,

de face, accoudée; elle porte un costume de théâtre richement orné de perles. Montée sur boîte en écaille brune.

ÉCOLE FRANÇAISE

(ÉPOQUE LOUIS XV)

69 — Miniature rectangulaire en largeur : Léda et et le cygne; Léda est assise au bord de l'eau, le cygne s'approche d'elle, conduit par l'Amour; fond de paysage. Cadre en bois noir et doré.

ÉCOLE FRANÇAISE

(ÉPOQUE LOUIS XVI)

70 — Miniature ovale : Portrait d'homme, en buste, de face, vêtu d'un habit rouge avec cravate noire. Encadrée de stras et montée sur une bague.

ÉCOLE FRANÇAISE

(ÉPOQUE LOUIS XVI)

71 — Miniature ovale : Portrait de femme assise au pied d'un arbre, se tenant les genoux avec les mains; elle est coiffée d'un foulard rouge et vêtue d'une robe blanche et bleue, une écharpe jaune sur les épaules; fond de paysage. Cadre en bronze.

ÉCOLE FRANÇAISE

(ÉPOQUE LOUIS XVI)

72 — Miniature ronde : Portrait de femme debout, un ruban bleu dans les cheveux, vêtue de blanc; elle s'appuie à une table, au fond une draperie et un pilastre. Montée sur boîte en écaille brune; cercle d'or ciselé avec filet d'émail bleu.

ÉCOLE FRANÇAISE

(ÉPOQUE LOUIS XVI)

73 — Miniature ovale : Enfant endormi, en buste, la tête reposant sur un coussin vert. Montée sur un étui porte-tablette en ivoire garni or.

ÉCOLE FRANÇAISE

(FIN DU RÈGNE DE LOUIS XVI)

74 — Miniature oblongue en hauteur : Portrait de femme, de profil à gauche, coiffée d'un petit bonnet, vêtue d'un corsage gris bleuté décolleté, les cheveux longs, bouclés ; le bas de la minia-ture est parqueté de cheveux. Montée sur boîte porte-cure-dents en ivoire.

ÉCOLE FRANÇAISE

(FIN DU XVIIIe SIÈCLE)

75 — Miniature rectangulaire : Portrait présumé de Mme Domberval, danseuse au théâtre de Bor-

deaux ; elle est représentée debout, en costume
de bacchante, tenant un tambourin et appuyée
à un vase de style antique ; fond de verdure.
Cadre en bronze.

ÉCOLE FRANÇAISE

(FIN DU XVIIIᵉ SIÈCLE)

76 — Miniature ronde : Portrait de femme, de face,
en buste, vêtue d'un corsage rayé noir et bleu
Cadre Empire en racine de buis et cuivre.

ÉCOLE FRANÇAISE

(FIN DU XVIIIᵉ SIÈCLE)

77 — Dessin rond à la mine de plomb : Portrait de
femme, de profil, en buste. Cadre en bois noir
et bronze.

ÉCOLE FRANÇAISE

(ÉPOQUE EMPIRE)

78 — Miniature rectangulaire : Portrait présumé de
Mˡˡᵉ Bourgoin, de la Comédie-Française, à mi-
corps, de face ; elle est vêtue de blanc, une
ceinture placée sous les seins qui sont nus ainsi
que les bras. Cadre de velours bleu et cuivre.

ÉCOLE FRANÇAISE

(ÉPOQUE RESTAURATION)

79 — Miniature ovale : Portrait de femme, en buste, de face, les cheveux bruns, vêtue d'un corsage blanc plissé, avec cravate bleue. Cadre en bronze.

ÉCOLE FRANÇAISE

80 — Miniature ovale : Portrait présumé de la marquise d'Aligre, en buste, de face, les cheveux poudrés, en corsage montant rose. Cadre en bois doré.